作者——介紹

潘柏霖，寫小說寫詩，喜歡小王子和小熊維尼，曾自費出版《1993》。

認為寫詩這一回事，有時候是這樣的：所有的詩，都不是寫給你的，你讀了，你以為就是寫給你的。但其實不是，沒有人在乎你。而有時候寫詩也會是這樣的：所有的詩，都是寫給你的，你讀了，你以為是寫給別人的。但其實不是，我只願意在乎你。

目錄

我們要怎麼知道自己能控制自己的生活

我害怕一群人坐在一起
討論共同的目標
害怕集會
以及有關「群體」的多數事情
害怕舉辦座談會
討論某一首詩的意義

我害怕在你難過的時候擁抱你
因為我無法理解你的情緒
也不能替你憂鬱
我害怕他們太重視你的生命
希望你努力活著
卻忽略了有時候
動物園令人著迷的原因
是一隻又一隻動物被困在不屬於牠們的城市
哪裡也不能去

我害怕選擇
因為選擇代表了必要的失去
我害怕我愛你的時候

就是給予你摧毀我的權力
我害怕失控
害怕開車時輪胎打滑，踩在油門的腳鬆不開來

我害怕我們正在失控
我們用時鐘掌控睡眠
用藥物掌控病理
用社會地位來掌控說話的聲音
用水族館來掌控海洋
用飛機來掌控天際
我們用小說來掌控現實
用詩來掌控幻覺
用身體掌控性別

我們的靈魂被其他的皮囊掌控
把自己擠成另一種輪廓
試著活進別人的身體
穿別人的鞋
擁有那個人的生活

不是所有人都適合這個世界

有的人習慣自己坐在角落
想像另一個世界
和那裡的生活

有的人能夠把心挖出來
也不覺得痛
他不害怕嚴冬
不懷疑自己的真偽
不需要和別人相擁

009

008

有的人喜歡在地上抹油
看路人滑倒
他看不見鬼魂
認為所有的風景
都是虛構

有的人體質不好
一摔就破

我有毀滅世界的心願

可以毀滅世界嗎
或者讓世界
毀滅我們自己

可以採收你嗎
你是我荒蕪夢境中
唯一一朵水分飽滿的蘑菇
足夠解我一生的渴
當我今世的森林

可以消音你嗎
你是我寧靜長夜中
最響亮的一聲破曉
敲碎我屋子裡所有的玻璃

可以倒帶你嗎
讓你從遠處走來
又走回你的世界
讓你從你的世界再一次
回到我的身邊

可以恨你嗎
你是我此生不斷甦醒
卻又不斷沉淪的夢魘
你是我的恐怖主義
我一手導演
不願離席的喜劇

可以暫停我自己嗎
不用再需要你
讓世界停在毀滅的那一秒
我將永遠
不用再想起你

可以嗎？

我還不知道要怎麼成為一個更溫柔的人

這是寫了一百首詩之後
可能反而更迷惘的問題

就像你要在那把刀砍到自己之後
才會知道那有多痛
你要在大笑過後
才會發現眼淚原來一直在流

你可能在把一個人愛到很久很久之後
突然發現原來他只不過是你對未來美好想像的投影
可能在你睡了很久很久之後的那一個早晨的清醒
才發現自己一直都在夢中
要在翻開自己十歲時寫的未來願景之後
才會知道原來自己
一直都沒有活成自己想要的樣子
你要在知道自己不可能活成自己想要的樣子之後
才可能開始認識自己

你要在放棄占卜、塔羅、勵志書籍之後
才能找回自己的命運
你要回到童年
在那個年幼的自己身邊
告訴他衣櫃裡沒有怪物床底也沒有怪獸之後
你才能不再懼怕黑夜
和童話故事裡會噴火的魔龍

你要在愛人都已經成為別人的愛人
而自己，還捧著花束站在大雨前的閣樓當下
才會發現
原來自己一直都一樣是那個
為了某人能夠不顧一切的人

你要不斷寫下一首又一首的詩之後
才可能知道自己的文字究竟有沒有未來
你要在水缸裡那隻陪伴你多年的鬥魚翻肚以後
才可能想起自己多需要牠的陪伴
你要在童年那間樹屋被大風吹毀的瞬間
才會想起自己曾經在一個無風的夜晚躺在木板上

想像自己成為一顆星星
想像自己成為那隻飛鳥

想像自己
可不可能不再孤獨
和一個可能愛你的人相愛

那個在任何時刻總是落單的小孩

我知道你醒不來
因為你以為自己不在夢裡
你不知道自己真正想要的東西
連黑洞也拒絕吞噬你

我知道你總是懷疑
自己是不是不屬於任何地方
像是一顆壞了的浮標
沒有辦法定位任何方向
像是沒有女神的湖泊底部插滿生鏽的鐵斧
久了就沒有樵夫拜訪
你覺得自己像是廢棄的超大魚缸
裝載某人曾經想成為造物主的夢想

我知道你認為自己是個零件
好奇哪天會被誰給替換
你害怕其他人的言語
不能確定他一字一句代表的意義

我知道你需要其他人的雙眼來證明自己的存在
你需要被更多的人擁抱才能感受恰當的溫暖
我知道你討厭其他人靠近你
也討厭一個人被留在原地

我知道每次的課堂分組
你都害怕落單
知道你討厭健康中心的體重機
搭公車的時候常常偷窺車上其他人的眼睛
好奇有哪些人其實沒有靈魂
哪些人其實和你一樣恐懼

我知道你喜歡寫小說
「虛構一個人物，他會永遠愛你」
我知道你清楚除了自己以外，沒人能拯救你
但還是希望有誰
能夠披荊斬棘
在你的心破得太碎之前找到你

我討厭我自己

有時候我夢到我拯救了世界
有時候我懷疑這個世界值不值得被拯救
有時候我懷疑我生在太晚的時空
自己的族類早已滅絕只有我被留下
有時候我懷疑我的快樂都是跟別人借來的
總有一天得全都還回原處
有時候我懷疑這個世界並不是真的
有時候我懷疑我根本只是虛構小說中某個可隨意更換的場景

有時候我懷疑你不可能了解我
懷疑我還有多少時間和詞彙可用來組織更多的話語
以解釋我的生活

有時候我懷疑我可能理解你嗎
你說出口的每一個字所代表的意義
或者你眼中那些美麗的風景
有時候我懷疑我沒辦法把自己解釋得更清楚
足夠讓你了解我
有時候我懷疑我說得太多

有時候我明明就在說話卻好像發不出任何聲音
有時候我調整鬧鐘的時候就懷疑是不是它控制了我
有時候我很確信即使有愛也無法拯救什麼
有時候我知道有些人只喜歡聽一些太美的承諾
有時候我知道我不會寫詩
只是我仍然想要說些什麼

你不過就只是這樣活著

我不知道人
有沒有可能某一天
就奇蹟似地痊癒
我不知道我的消失
會不會有人在意

我不知道你
冬天需要穿多暖的毛衣
我只知道自己
檢查數百次
站上捷運
依然懷疑自己沒有穿任何東西

我不懂擁抱
因為我早就碎了
我得非常非常用力抱住自己
才能維持人形

我害怕睡眠
因為非常確定
隔一天醒來
我還是會被困在這裡

我害怕自己
害怕這樣有天我必須決定
不要再繼續
繼續這樣活下去

你不會找到我

我相信快樂
不是人生的解藥
相信有些人適合哭
有些人適合笑

我知道靈魂
是鐵屑、爛紙和汙水
糊成的玩偶
也知道末日
是你憎恨之人
得到最後一顆蘋果

我想要有顆健全的心臟
讓我不怕在眾人面前跌倒
美好的體魄

能保護你
能和你擁抱
我想變得很會寫詩
把你藏在某一隻不會有人發現的抹香鯨裡頭
讓牠游到空中
成為每個人的星座

只是我不要被你找到
每一次遇到你
我都會開懷大笑
讓你以為
活著對我來說並不困難
我還不想死掉

一百種甜蜜的死法

那天王子告訴我：你要成為勇者，為我赴湯蹈火
除非你跨過以下這些荊棘，用一百種死亡
換取我的真心

1. 心肌梗塞
2. 愛一個不會愛你的人
3. 愛一個博愛的人
4. 愛一位偶像
5. 愛一隻瀕危的動物
6. 愛一個不屬於自己的時代
7. 愛一本絕版的詩集
8. 愛一張太小的床
9. 愛一首前任情人唱過的情歌
10. 不愛任何一個人
11. 只愛自己
12. 不吃任何東西
13. 不打開衣櫃（因為害怕衣櫃裡的怪物）
14. 不開冷氣（因為要拯救北極熊）
15. 不喝手搖杯（因為要挽回前任情人）
16. 不讀任何書（因為知道自己已經很聰明了）

17. 不讀任何書（因為知道自己不夠聰明）
18. 不看電影（因為知道電影都是假的）
19. 不看電影（因為知道自己的人生是一場拍爛了的電影）
20. 不走路了（因為知道自己擅長跌倒）
21. 不唱歌了（因為知道自己擅長走音）
22. 被雞腿便當的雞腿噎死
23. 被殭屍分屍
24. 過馬路被卡車輾斃
25. 吃一顆毒蘋果
26. 地層下陷把你吞進去
27. 趕路途中掉進通往地獄的洞裡
28. 被愛人打一巴掌旋轉三圈黏在牆壁腦殼破掉腦漿流出來
29. 被愛人的愛人打一巴掌旋轉三圈黏在牆壁腦殼破掉腦漿流出來
30. 寫一首詩然後被抄襲
31. 寫一首詩然後抄襲你詩的人說你抄襲
32. 發誓絕對不再聽 Taylor Swift 的歌曲
33. 發誓絕對不再打開暮光之城幻想自己能遇到愛德華
34. 發誓絕對不在電梯裡唱歌
35. 發誓洗澡的時候把全身都洗得非常非常非常乾淨
36. 發誓你不要再幻想這是有魔法的世界

37. 發誓從此以後你只看政府和教授推薦的書籍
38. 發誓對所有人誠實
39. 丟掉自己
40. 發誓走路不滑手機
41. 發誓提早做完待辦事項上的所有事情
42. 學習快樂
43. 學習看著鏡子裡的自己不再想把鏡子敲碎
44. 學習不再吃那些垃圾食品
45. 學習不再做那些不切實際的夢
46. 學習認真寫字、認真創作
47. 學習施展一種還未有人發現過的咒語
48. 學習溫柔地對待敵人
49. 學習殘忍地掐死同類
50. 學習掌握這世界的核能原子彈按鈕
51. 學習如何愛自己
52. 不在網路上搜尋自己的名字
53. 不再登出帳號偷窺封鎖你的人的動態消息
54. 不在該睡覺的時候清醒
55. 不在該做決定的時候跑去看電影
56. 不在公車上偷看別人 LINE 的聊天訊息

57. 不在別人說話時神遊太虛
58. 不再告訴別人自己曾經去過桃花源
59. 不再告訴別人烏托邦真的存在
60. 不在群體裡落單
61. 不在這裡
62. 有人愛你你要愛他
63. 有人想你你可以不要想他
64. 有人不想你你不要想他
65. 有人路見不平你要感激
66. 有人餵你你要盛食——不對，這幾乎就是孫梓評的東西
67. 有人缺錢你要懂得拒絕
68. 有人傷害你你不傷害回去
69. 有人偷吃你的冰淇淋你就當作是神的旨意
70. 有人偷你的東西，你不要想著要偷回去
71. 有人要你寬恕對方，你就馬上把他打到變成史萊姆
72. 找一個人，告訴他：我現在只想和你一起看電視
73. 找一個人，告訴他：我現在只想和你一起臥軌
74. 找一個人，告訴他：我現在只想和你一起吃炸雞
75. 找一個人，告訴他：我現在只想和你一起考試被當掉
76. 找一個人，告訴他：我現在只想和你一起打主管的後腦勺

77. 找一個人，告訴他：我現在只想和你一起爛在這裡變成廢墟
78. 找一個人，告訴他：我現在只想和你一起變成殺人魔
79. 找一個人，告訴他：我現在只想和你一起躺在這裡等卡車輾過
80. 找一個人，告訴他：我現在只想和你一起抄襲全世界最美的藝術品
81. 找一個人，告訴他：全世界我最想要殺死你
82. 放把火燒掉你蒐集的所有絕版詩集
83. 用水淹死你過去的自己
84. 用手指挖出自己的眼珠再裝入比較好的眼球用來看比較好的風景
85. 用槌子敲碎自己的靈魂再用強力膠黏起來
86. 用一個世紀，交換遺忘愛人的能力
87. 用幾個原創的字，寫出完美的詩句

88. 用一個吻，交換愛人口裡的秘密
89. 用一個微笑，交換一次復活的咒語
90. 用一天的清醒，換一輩子的瘋癲
91. 用一場大雨，交換再也回不去的操場
92. 用乾自己的眼淚，來交換整座雨林的生命
93. 用萬人的枯骨，交換一座不穩但壯麗的王位
94. 拔出全身的骨骼，挖出藏在骨骼裡的小精靈
95. 跟蹤路人，挖出他的垃圾，分析他的生命
96. 找到藏寶圖上藏了幾百年的黃金
97. 找到一本書，解決這世界所有的難題
98. 找到一張地圖，標示這世界所有的生命
99. 找到自己
100. 活下去

有時候我覺得我就要瘋了

我討厭我總是自言自語
討厭寄信之後還未收到回信的那段時間
討厭愛人的已讀不回
討厭書寫任何有關自己的情節
害怕有人窺見我的傷口
害怕有人就此離開

我討厭有時候我需要你
有時候完全不想看見你
討厭我和你的故事像一齣壞軌的電影
永遠都停在我求你不要離開的那個瞬間
我討厭時間的侷限和語言的歧義
讓我們就像一隻不斷在滾輪上狂奔的老鼠
怎樣都跑不出一個結局

我討厭在夢中的你朝我揮手
因為我無法知道你是在呼喚我
還是在向我道別
我討厭每一次你呼喚我的名字
都讓我寧願世界就此終結
都讓我寧願改變所有我原本的決定

我討厭我們似乎無法控制自己的失控
也不確定自己究竟是不是真的清醒
害怕我的選擇只不過是某個人的選擇
害怕這一切都只是幻覺
或許我早就死了
而現時此刻就是我的地獄

我討厭我們並不知道哪一道門的後頭
有我們需要的未來
或者我們到底有沒有未來

在地圖寫上你的名字你就出現

有些人的舞步你永遠不會記得
有些人坐在板凳上發呆的模樣你永遠無法忘懷
有些幸福對你而言
是冬季不斷落下的雷
那些龍捲風、閃電
有些人會說你永遠沒有機會看見
但我依然願意尋找那些

可是每天醒來都得告訴自己
不要去當那個總是想著要如何打開上鎖的門走出房間
和只是拉開窗簾
就以為玻璃外的花園是整個世界的人

也許當那個
挖好幾個洞方便逃跑的兔子
當那個有能力打破詛咒成為王子的大野狼
放心揭穿湖中女神囤貨與侵占的癖好

或者當一個
和企鵝共舞的北極熊
母星爆炸離鄉背井的外星人
當那個在海底大聲歌唱，愛上人類的人魚
那個躺在床上恐懼又好奇床底下有沒有另一個世界的小孩

如此我才有足夠的勇氣畫一張地圖，擦掉其中一點
說服自己：你在這裡
這樣一來即使這裡已經沒有任何一顆星星讓我留戀
但你在這裡
讓我可以不在乎自己跑步的姿勢有多麼笨拙
大笑的時候看起來多麼窮
在我快要被大風給吹走了的時候
依然感到安全

請找到我

我會讓你相信
我是憎恨資本主義的
但吃麥當勞
喝星巴克
博客來湊免運的這些時刻
我不會讓你知道

我會讓你以為
我是愛乾淨的
但那些藏在回憶裡的垃圾
我跟湖中女神一樣是個囤貨狂的事實
我不會讓你知道

我會贈與你最好的星球
給你最美的故事
寫最端正的字
最體貼的詩給你
但我什麼時候說謊
我不會讓你知道

我會讓你知道「我很好」
但是我好不好
你永遠不會知道

地圖上沒有標示的國度

你覺得你的生活
是被虛構的
你住在別人的方格裡
滿足別人的夢想
你成為別人的幽靈
你吸食別人
扔掉的夢想過活

你覺得過活
比他們說得還難
想活下去
不是寫滿行事曆
每天大笑
就能成功的

你覺得自己
是被世界給綁架了的
一隻僵屍
死不掉
也活不透

人是不可能
知道自己能走多遠的
希望你遇到一個人
在你走到看不見的那裡之前告訴你
你是可能快樂的
你是可以悲傷的

這只是一顆消炎止痛藥

好想要寫日記
告訴你我的心情
想和你去看星星
試著猜測自己的命運

想要一支永遠不會斷水的筆
畫一張地圖並給予它美好的天氣
我在那裡
你在那裡
我們都不用遷徙

給我一顆藥丸
讓我痊癒
把我的靈魂
泡進最深最鹹最苦的海域
消炎我的悲傷
消炎我和你
和快樂
和這世界的距離

給我一面失去功能的鏡子
讓我不用再看見自己
給我一雙慢跑鞋
讓我預借下輩子的精力
從我這裡
跑到你那邊
再把你帶回這裡

那只不過是很簡單的算術問題

其實這些只不過
是很簡單的算術問題
如果我花很多時間練身體
我就沒有時間
來鍛鍊自己
和世界和你之間的關係

如果我花很多時間
來憎恨這個世界
我就永遠不會知道這裡
還有多少沒有被地圖標記出的藏寶秘境
如果我花很多時間
來尋覓寶藏
我就沒時間回家休息

如果你愛一個爛人，愛得太用力
你就會很難再給以後的人
一樣的熱情
如果你給的愛太少
你就很難遇到值得你愛的東西

如果我一直花時間
去討厭自己
我就沒有足夠的時間
可以愛你

可是如果我用光所有的時間來愛你
我就找不到
一個恰當的時空
來喜歡自己

但這不是在玩大富翁

想討好你
讓你當我的英雄
讓你擁有寶劍
可以斬殺魔龍

替你繪製一張地圖
標示哪條路可走
哪裡有巫婆
哪裡的樹林裡住滿
神也無法降伏的妖魔

模造一座絕對標準的指南針
安放在你的心口
讓你永遠不會迷路
將沙漠埋入你的眼中
讓你永遠不用流淚
用你的名字種植一棵樹
來供氧整個宇宙

想替你照亮
這世界的黑夜
讓你總是能開懷大笑
像剛學會走路就想奔跑
不怕跌倒的孩童

待辦白日夢

我決定要活得更任性一點
更愛自己一些
我要築一顆巨繭
把自己保護得更安全

我決定要學會保護自己
當自己的國王
結束心中和現實的戰鬥
我要統治我自己

我不要再受傷了
我依然要去愛別的人
依然要笑
看到感人的電影
我一樣要哭

但我不要哭得太久
我喜歡你，但
我不要喜歡太多
我決定要成為自己的英雄
我要把自己
從自己的心中拯救

不要崇拜任何人

買光你愛的詩集
在網拍上大肆抬價
在你出門時
偷偷把它塞到你枕頭下

綁架你狂熱的作家
拿槍抵住腦門逼他們看著鏡頭
高喊你的名字
一邊摸下體打手槍

駭進你的手機
上傳你的裸照
用五百個分身匿名嘲笑你乳頭的形狀
確保你崩潰之後
就用最溫柔的姿態
去你家拜訪

替你保留一座水井
再把大海倒空
替你種植一片蔬果
並毒害其他人的土壤
再報警檢舉你的壞心腸

搜刮所有的燈泡
包裝精美寄件給你
再替你謀殺太陽
讓你，只有你
是這世界的光亮

我知道我的貪心是一隻抹香鯨

你對我笑的時候
突然間我覺得自己好窮
沒有足夠的勇氣像他們那樣快樂過活
做了太多虧心事
每一次洗澡都用絲瓜布刮下一層又一層的皮
卻好像一滴血也沒流

你的聲音是抹香鯨獵食時那般輕而易舉照亮整片深海的孤寂
我是在深海看見光照的巨大烏賊那樣恐懼
大多數的怪物離群索居太久就再也不能存活在太陽光底
一被光照到就會化成灰燼

直視你的雙眼
突然我懷疑自己是一個小孩試著倒轉時針來挽回掉在街頭的巧克力
或推薦一本與自己完全無關的詩集
找到自己專屬的百畝森林和小熊維尼
丟掉自己倉庫裡的任何一件物品

需要你的時候
我從未比此刻更要好奇自己是不是這世界的幻覺

是好萊塢、迪士尼和便利商店四十九元言情小說的廉價重製盜版商品
是某首情詩不斷重播繁衍分裂生殖過程中的排泄
抹香鯨的龍涎

翻遍暢銷排行榜上的愛情指南
也不知道該怎樣才更有資格待在你的身邊
就像要怎樣購買一把永遠不會翻開的強韌的傘
吃一頓恆久飽足的餐點
讀一段此生如此便已足夠了的句子

你笑了的時候
我發現自己原來這樣貪心
希望不要因為我的悲傷染黑了你的彩虹、獨角獸、棒棒糖和藍天白雲
希望我的悲傷能感動你

所以有人說這是一個創作者沒有自覺的問題

我相信「引用」和生活必然的關聯
相信我們已經活在「」、#、@、♥的世界
相信生活必須是建立在日常和幻想之間
總會有許多的十字路口、懸崖、瀑布、會吃人的衣櫃
我相信網路把親密關係的假象擴大了
讓人輕易以為認識彼此
讓人輕易以為自己知道對方究竟是誰

我相信原創性被高估與低估了
更相信它被太多人誤解
就像很久很久沒有相遇的初戀
依然只要一個笑容就輕易讓你心碎
我相信有些人類的記憶永遠都會停留在愛人最美的那個畫面
有些人只記得愛人磨腳皮的瞬間

我知道語言必然的失效與迷離
知道「我愛你」很多時候並不代表我愛你
相信許多的悲傷
都已經寫在小熊維尼的故事裡

我們常常在爬一座永遠爬不到終點的樓梯
更常爬到一半就不小心掉進深淵
我相信「形式」之必要
但更相信比起畫皮或畫骨，畫心更為艱辛

我相信很多時候除了自己以外
很難知道其他人的玫瑰
需要用多少公升的鮮血灌溉
其他人的花園
用了多複雜的土壤與肥料來維持
所以我相信你
相信你真的虔誠地認為這個世界
有一個地方是其他人還未涉及
絕對新穎的空間

我相信你或許是那裡的國王
但我抵達不了你的領域
你也不需要過來這裡

你不能算是一個人類

你是詩人
你要脫下衣服
就該見骨
你要朗誦的時候
就不可以走音
你要記下自己所有的句子
確保每一句都乾燥純淨
你要愛人
不能愛得太直接熱烈
你難過的時候
不能大哭

你是一個詩人
不能看太通俗的故事
會說出太大眾的字句
你要寫詩給自己的愛人
不能寫下他的名字
乾脆說他是麒麟、獨角獸、很矮的長頸鹿或世界上最後一片森林

你是一個詩人
你沒有權利
發表你的日記
你要用更多的時間冶煉你的字句
把每一個音
燒成水銀
每一首詩
都煉成亙古的咒語

這是寫詩的人一輩子的難題

寫詩的人都是連續殺人魔
小心翼翼把愛過的人放進所有的句子裡面
有的藏得很好
有的毫不遮掩
有的屍體就陳列在永不開放的房間
有的則擺在門沿

寫詩的人都是心眼極小的敗類
失去你以後
你是我無垠的黑夜
是我親手豢養的怪物
無限複製繁殖再生的巨大蟑螂
或者黑洞
或者深海的水怪
你是我扔進湖心後再也找不回來的那一把斧頭
亞瑟王那把用快乾膠黏在石縫裡的王者之劍

寫詩的人都熱愛極限運動
好奇再往前走一步
還算不算安全

要是多挖掉一塊靈魂
字能不能寫得更美一點
如果在大門前再設下幾道大門
會不會就再也沒人願意打開

寫詩的人都擁有千千張臉
在每一個隱喻裡頭成為另一種樣子的人
愛上一個不可能愛上的人
或者和不該愛上的人一起去遠方冒險
有時候就這樣差點忘了自己是誰

寫詩的人如果忘記自己的傷口一直都在流血
身體愈來愈薄
愈來愈薄愈來愈薄
很可能只需要再淋一場大雨
就會整個人消失不見

註：致任明信《光天化日》。

請教我怎麼寫一首詩

如果你想要寫一首情詩給你愛的人
首先你需要一句我愛你
你需要愛
但不能說我愛你
最好說那是一種接近虛無的東西
在最寒冷最深最深的湖底唯一的光明
如果你想要政治正確你必須說
那是最強大的魔法
可以抵擋任何咒語
那是在你深信的預言家警告你了卻仍然赴約的那場旅行
那是你無法離開
又無法留下的境遇

如果你想要寫一首政治詩給與你不同立場的人
最好不要提及色彩、歷史與槍響
說那是一個久遠的日子
你和所愛之人的一場爭執
一次再也不可能挽回的訣別
說那是勇者必須斬殺的惡龍
或者我們必須破除魔龍和邪惡的連結

盡量別使用規格、選擇、控制之類的詞彙
改說這個城市的小孩都念同一所學校
學習同一種語言
也可以說那是一本被塗塗改改的日記
整篇看來鬼影幢幢充滿疑點
和他談論時或許可以涉及死水池塘跟危樓改建

如果你想要寫一首勵志詩給那些需要被鼓勵的人
鼓勵他們朝著自己心中的方向前進
不要被挫折打倒
偶爾告訴他們這世界不壞
是你的思考太過複雜
這些磨難都會過去
而你會變得更加堅強
適時地使用一些占星術語
你的水星逆行，一切的苦難將要發生
但你千萬記得，要堅強

如果你想要寫一首傷感的詩給受傷的人
描述一個絕美的景象

最後把它摧毀

像是最長最長最長的那個夏天
我們去了一個很遠很遠的地方冒險
那個我們一起嬉戲的游泳池
那個我們不敢打開的衣櫃
那個十塊錢棒棒糖的甜膩口感
那個令人害怕卻又喜愛的躲避球
那個跳遠的沙坑
那個似乎跑不完的八百或一千六
那個還有能力當著所有人面前大哭的我們
這些都近得就像回不去了的昨天

只是如果你真的想要寫一首詩
每次寫任何字之前你都得說服自己忘記所看到的這一切
或者表現得像是
你從來沒有看過這些—

孤獨者的生存指南

我決定當一個刻薄的小說家
寫一部沒有英雄的小說
只有一個時空
你只能活在這裡
沒有別的星球可躲
沒有西方能夠取經
沒有太平盛世
沒有冥界
也沒有更好的生活

讓你有成為舞者的夢想
每天鍛鍊舞術
在入學甄試那天
安排一座天使的雕像
剛好從天上砸下來壓碎你的腳骨
讓你癒合到剛好能夠行走
但一生疼痛

給你一雙失明的眼睛
名列在器官捐贈表單第一順位

給你一場移植手術
安排最好的醫生給你
但天搖地動
讓醫生原本穩當的手
捏爆你的眼角膜

給你閱讀一本童話
說服你，你能擁有快樂幸福的結局
但讓你的小村莊被巫婆詛咒
讓你的稻穗
全被魔龍噴出的火焰變成沙漠
把你村莊唯一的一口井水
泡滿重金屬和地溝油

最後我希望你真的可以知道
你的人生
不過是我的喜劇
讓我暫時忘記
我會死在這裡
愛過的人

一輩子也不會再敲響我大門的鈴
明天之後
就沒人記得我的姓名

063

062

我真的真的真的真的真的真的很喜歡你

呃……你睡了沒
要不要一起吃麥片
和我重播哈利波特一到七集
看完魔戒三部曲

你睡了沒
要是你願意
我們可以一起躺在我家客廳
幻想有輛大卡車
能把我們輾斃

你要是還沒睡
呃，我知道人
是不能成為別人的
只是以前的那些日記
愛到卡慘死的情歌
那間老舊、腐敗、地層下陷的屋子
我都不想再回去了
如果，呃……你還沒睡
你知道嗎

現在，我不想成為我自己
我想變成你的東西

嘿，你睡了沒
我們可以一起失眠
一起在這裡
哪裡也不用去
我們畫一張地圖
決定所有人
要住哪裡
哪裡他們不能去

我要和你一起成為
我和你世界裡的暴君
我可以和你
一起待在王宮
等待敵軍攻陷我們的國境
我可以和你
一起死在這裡

嘿，你睡了沒
我還在這裡

註：標題借用 Carly Rae Jepsen "I Really Like You" 的歌詞 "I really really really really really really like you."

人生還是需要然後

好像什麼事情
加上然後
就能合理了

含羞草被戳太大力，然後
就再也不張開了
你把眼淚哭光，然後
你就不會哭了

你害怕明天，因為明天不會更好，然後
你就不睡覺了
你被怪物咬了一口，然後
你就變成怪物了

王子拯救王子，然後
他們就從此過著幸福快樂的日子
有個人認真生活、努力工作，然後
他就死掉了

今天我決定要愛你，然後
明天你就會愛我了

我不用讀搶救國文大作戰

我不需要你來告訴我
我應該長什麼樣子
你不喜歡我
那不是我的錯

我不用你好心
指引我好好走路
怎樣才算是好好過活
我有我的地圖
就算我總是迷路

我不用你的圖書館
來告訴我一首詩長得怎樣
也不想被你收進
博物館裡的小小方格

我不用你的笑話
來告訴我怎樣的人，適合怎樣的生活
我再悲哀
也不是用來讓你自我感覺良好

我的記性不好
只能容納一些人、一些事
我把自己都給忘了
也不用你來搶救

我不相信你

我不相信那些總是在道歉和微笑的人
更不相信那些太過陽光的人
因為多數時候我們的生活
黑夜總是長過白晝
我不太相信把魚養在杯子裡的人
有時候還能呼吸
並不代表就是活著

我不相信這時代那麼容易的親密感
不相信那些擅自決定進入我星球的人
不相信那些沒有我的邀請就前來送禮的人
不相信書籍前幾頁的名家推薦序
不相信少數人的決議
也沒有辦法真的相信大眾的決定
我不相信這個世界
我不相信你

我不相信我自己
我不相信我嘴裡發出的每一個音
不相信我鍵盤敲出的每一個字

不相信太喜歡 Taylor Swift 的自己
不相信那些就像是在翻閱自己日記一樣的歌詞
不相信那就是我的回憶

我不相信我自己
不相信我的猶豫能替我決定更好的劇情
我不知道未來
更沒有期許
也不願意相信我的玫瑰才綻放幾天
已經把我的眼淚耗盡

每一次進入別人的房間都讓我更不相信自己
我的房間不像他們
我沒有任何家具
沒有任何宜家宜室的可能
我不相信有人會願意住進這裡
我不相信我能離開這裡
我沒有辦法相信自己

我希望你記得自己是誰

我不是一個擅長原諒的人
沒有那麼偉大的地位來赦免其他人的罪過
習慣把愛過的人儲存在不同的房間
期許某一天屋子倒塌
把他們全都壓死在裡面

我不是一個那麼擅長原諒自己的人
沒有任何方法來證明自己的傷口能開出更美的花
也沒有更多的衣服
來遮掩自己身上的破洞
常常不敢直視其他人的眼睛
更多數的時候害怕自己的雙眼

我不是一個真的擅長清醒的人
定居在現實與虛妄的邊境

常常以為自己醒來了
常常以為自己睡著
常常以為自己拿到正確的鑰匙
常常以為自己開錯了門
常常以為自己還有可能寫出更多的詩
常常以為自己是別人的影子

我不是一個擅長自由地活在這個世界上的人
抵達某個時刻
突然變得不知道該怎麼和其他人相愛
只剩下相處的可能
就花費更多的時間在與人無關的事情上
養一隻很孤獨的魚
有時候就那樣盯著魚缸好幾個小時什麼也不做
有時候穿上別人衣櫃的衣服
暫時失去自我
有時候就這樣忘了自己是誰

我相信我們需要更愛自己一點

我相信每個人所用的標點符號
都有自己的位置
我相信你並不能用任何器具測量一本書的重量
和人與人之間的距離
因為有些人離開了就再也不會出現
我相信那個願意被大雨淋濕
能夠不顧一切近乎天真地在雨中跳舞的少年
總在成年那天就消失不見

我相信一個人的悲傷
並不能用眼淚、神情和言語來發現
我相信有些時候即使那個故事並不美好
依然有很多人想要成為其中的主角
我願意相信迪士尼的謊言

只是更相信不快樂的人多半眷戀這個世界
而很多時候愛並無法拯救一切

我相信喜歡標籤的人都是體育課分組時不會落單的那些
相信很多說著「你想太多了，他沒惡意」的人
並不真的在乎你和你的世界
我相信有些人的靈魂住錯了身體
而性別和身體的界線其實比教科書上的劃分更模糊一些
我相信這個世界有許多人類還無法理解的事情
像是外星人
像是如何製造愛情藥水

像是為什麼有些人照鏡子的時候
從來都看不見自己
只能看見其他人的雙眼

我每天都在死掉

我想要唱歌給你聽
但我總是走音
所以我就寫情歌給你
但那些愛
聽起來都像抄襲

我想要替你寫字
但你讓我的世界歪斜扭曲
我每一筆再用力
都像未完成的草稿
寫下的字全都淪為騙局

我很想好好愛你
但我學不會好好放心
因為愛你就像是
為了失去你所做的預習

我想要和其他人一樣，快樂地慶祝節日
但那對我來說
就像是贖罪商品

你買來安慰自己這一年
讓人受傷的不安良心

我想學會定位自己的方式
但我在地圖上總是找不到自己
我不知道自己去了哪裡
我可能把他弄丟了
我覺得這個世界
並不是適合我的容器

我想要拯救世界
但看再多漫威電影
我也成為不了
能夠拯救世界的英雄
所以我就試著寫詩
可是寫了再多
也只學會抄襲自己

我想拯救自己
但我做不到

我不知道我是怎麼了
這個世界殘酷得太過詩意
那些讓我活下來的

卻也都在教我死去
我不能徹底離開
也無法完全出現在這裡

每天都創造更爛的藉口靠近你

我不會說我要愛你
但如果這間屋子著火
我只想要救你

如果你跌倒
我不會拉住你
我要和你一起跌下去
和你爛在這裡爛成廢墟

我也不想要你抱我
不過如果你覺得冷

我旁邊還有空位
你可以靠近我
但不要靠我太近

我不會說要你愛我，只是
我知道你是英雄
而我是魔物
你得為我赴湯蹈火

我知道你是地獄
而我是惡徒
我是你的居民
你是我最安全的住所

魚缸裡的魚游走以後

自從你不在這裡以後
我一直都在找你
但我找不到你
很久很久之後我才發現原來你並不在我的世界的任何一個角落
不在我的時空

即使我有一百把打火機
也無法照亮你那邊的孤寂
希望你在的地方風景秀麗蜿蜒，大海中還有人魚
草原上獨角獸奔馳，魔龍盤踞的山脈滿是黃金
真愛總是能夠抵銷巫婆的咒語

希望你還有更多的晴天可以奔跑
出門的時候
不需要帶傘也不用背包
可以輕易把所需的一切握在手中
一直勇敢，開朗地向前走

也幸好你現在不在這裡
我的世界自你走後開始下起好像無法停止的大雨
希望你的世界完好無缺不像我的破了個洞
回收太多別人廢棄的傳說
讓那麼多美好的故事漂流到其他人的夢中

我們再也不說話了

沒有那樣的人
陪你沉默
陪你去任何不用說話的場所
並肩而坐
看山海山落
也只覺得時間不夠用

沒有這樣的人
和你一起賴床

晚上夜跑、打電動
和你去看暮光之城
一百次也不嫌你眼淚太多

最後只好約那些
不太想見面的人
去做那些不用說話的動作

我們活到最後
發現好像有些話只要不說出口
就不用難過

我是不是有太多問題

我很難專心和你
討論其他人的事情
你同學的婚禮
誰又整形
綜藝節目卸掉誰的眼睛

我有很多事情要擔心
衣服又要髒了
燒開水的火還沒關
還沒有餵貓吃飯
我是不是沒辦法好好陪你
看完一部電影

我是不是沒有辦法好好跟你一起
沉溺英雄主義
相信有個外星居民
會來解決我們的問題

我歪斜的骨骼
不適應抬起頭走路這個動作
不能以正確的姿勢
與你相擁
甚至向你靠近

能不能乾脆
找片地圖上
還未繪製出的空白處
我跟你去那裡好好生活
好好放心

請你回答我這個問題

要怎麼小聲地哭
哭到淚腺破掉
但不被任何人聽到

要怎麼專注地寫
寫到指紋不見還是沒人願意看一眼
也不沮喪難熬

要怎麼偷偷照鏡
尋覓一個角度好讓人悅目
又不會把鏡子給照破掉

要怎麼奮力奔跑
拔腿向前追趕某人的身影
又不被他知道

要怎麼愛一個人
愛得很少
但永遠不把對方忘掉

要怎麼好好地活
活到剛好
每個人都把我忘掉

我沒有朋友

我有很多故事
想說出去
很多字
想要寫給你

我有好幾把雨傘
你不用
擔心下雨
我總是帶著 ok 繃
你就盡情地跑
不用害怕跌倒

我的門沒有鑰匙
很多時候我進不來
更多的時候我在裡面
不知道怎麼出去

我敲牆壁的時候
是想知道
有沒有人還在那裡
我要一張完整的地圖
詳實標記每一個人
與每個人的距離

我總是想把自己丟掉
但我沒有朋友
這些話
說了也沒人想聽

我記憶體不足

有的時候我很難過
想要你抱抱我
但我每一次
都來不及說出口

有的時候我很開心
就想要呼喚你
是因為我很需要重新一次
確定你就在這裡

我沒有辦法一次
應付太多任務
我一次只能做兩件事情
像是吃飯和看電視

睡覺和做惡夢
出門和恐慌
想你然後開心

我一不小心
就可以忘記所有和你
走過的經歷
但我已經永遠無法恢復成
原廠的設定

大概是愛你這件事情
就耗光我的記憶體
我才只能慢慢愛你
愛到你不愛了然後到現在
我就只能當機

他們都不能夠救你

有彩色筆
也畫不出像樣的彩虹
因為我的世界
只有洪水
沒有日照

有維他命
也維繫不了
人與人之間的疏離
用一千個表符
也表不了情緒

書一直買
真正看完的沒幾本
人一直愛
愛到的也沒幾個

即使有棺材
也封不住回憶
不早點學會健忘
死亡就註定
無法徹底

下輩子也許才能做到的事情

我羨慕那些
敢照鏡子和自拍的人
羨慕那些當著所有人的面
吃藥的人

我羨慕那些人
心中有座金石打造的羅盤
永遠指向某座風景
但我人被困在太晚的時區
每一次的抵達
風景都成為灰燼

我想當那個
可以為你變得勇敢的人
我想變成
除了自己以外的任何人

我想成為那種可以不再想你的人
很難過的時候
是不應該想你的
因為想你會哭
會不想繼續這樣過活

恐怖份子

我要在想你的時候變成化石
維持想你的姿勢
讓你拍賣、展覽我

讓全世界的人都看見
我是你最偉大的造物

我國小沒學好

我國語不好
不想寫字給你
寫下的每一個字
你卻都藏在裡頭

我健教沒學好
知道你和我
有一樣的器官
和相仿的生理結構
但看到你
我還是會臉紅

我體育很差
總是想趕上你
穿上最貴的慢跑鞋
卻只學會跌倒
我試著把我扔給你
卻總是投不進你的心底

我社會課都睡著
沒學會怎樣釐清
你和我之間的距離
忘記我生命的斷代史
不能只寫你的姓名
沒學會如何不在夢裡殺死那些
擁抱你的混帳

我數學不好
我不要無限多解
我要喊你的名字
你就會回頭
我要愛你
你就會愛我

愛不愛你和你愛不愛我本來就沒有關係。才怪

其實愛不愛你這件事情和你有沒有愛我本來就沒有關係
就像受精卵裡搖搖欲墜的仔魚
也從來都沒有要求過自己的生命
就像我所有的詩都是寫給你的
但你從來沒有讀過任何一句
那也沒有關係
我愛你這件事情
和你愛不愛我
本來就沒有關係

我並不擅長等待
也恐懼等待的事情真的發生
多數的時候在腦海裡建築一座城市
城市的中央有一座永遠不會缺水的噴水池
圖書館前倒掛的鐘塔，扭曲的時間破碎落在城市的各個角落
一隻純白毛茸茸的大角鹿正站在湖水中央

沒有任何悲傷的事情能夠發生
我們就一直快樂地住在這裡

我也不擅長原地徘徊
如果沒有等到你來也沒關係
我就去開闢另一座宇宙
跑去另一個更遙遠，還沒有人認識我們的時空
在那個時空裡我和你有一間大大的房子
我們會養三個小孩、四隻貓，和一整個房間的水母
我們會在那裡一起變老

所以愛不愛你這件事情和你有沒有愛我本來就沒有關係
如果我們真的不合時宜
更不可能同日而語
我們還有好幾個星球沒有抵達
總會有個星球是屬於我們的
所以真的沒有關係

有些人愛得很節儉有些人只是窮

常常大笑的人
不代表就不懂悲傷
憂鬱也不只有
哭泣的模樣

人群恐慌的焦慮
不見得就會影響日常
有些人看起來像人
裡面早就爛光

有些人像蜥蜴
需要太陽才能溫暖自己
有些人自建暖氣
日久恆溫
只是偶爾把他人燙傷

有些人的愛只給一個人
他愛得很節儉
但愛得很長

也有人天生貧窮
他愛不起誰
也沒有辦法悲傷

我又不想和你好好活下去

活下來
又不是你說了就算的事情
我會想念我的貓
想念那天在餐廳掉到地上的牛肉
但我不要想你
我不要知道你去了哪裡
我不想再認識你

我會想念
那些沒有你的日子
那時天空的烏雲
還不會罩頂
我還沒弄懂嫉妒不是別人害的
是自己體內的怪物
知道你的快樂不是我造成的
而忽然覺醒

我想念那個
你還不存在的房間

我有書桌
一整天可以專心地寫
有棉被可以保暖
有水可以止渴
我聽情歌
還沒什麼感覺
我可以孤獨地睡
孤獨地上街

那時我不害怕天黑
不怕地獄
相信屠龍
是我的命運
我相信我可以擁有這個世界

那時你不愛我
我是這樣過活
現在你不愛我
我不知道要怎樣
那樣過活

離開或許就不會變成這麼困難的事情

我是你牆上那本日曆裡頭
被打上紅X的那些日子
我多希望在我第一眼見到你的時候我就知道
你是我真實世界的一個破洞
才不會窺見另一個更適當的宇宙
費力鑽過
卻卡在途中

我是你親手用雷電與咒語喚醒的亡靈
專屬你的怪物
我多希望在我第一眼見到你的時候我就知道
所有怪物的誕生都必須摧毀自己的創造者
我需要你的骨骼
來造出自己的眼睛

我是你在超級市場不期而遇的舊識
你只記得我的暱稱
不記得我的姓名
就像菸架上的七淡長一

我多希望在我第一眼見到你的時候我就知道
你很快就會把我忘記
我就不用那麼小心翼翼和你說話
深怕每一次的敘事
都加深你和我之間的距離

我多希望在我第一眼見到你的時候我還不知道
你是所有潛水伕的惡夢與美夢
海底裡張開嘴巴游上來的那隻餓極了的純白抹香鯨
你是你族類中僅存的一員
那樣孤獨
那樣溫柔
離開你這件事情就像是要一個男孩明天就變成一個男人那樣困難

離開你這件事情
就像是要童話故事裡的噴火龍吐出棉花糖那樣困難
我多希望我只知道你是一隻張大嘴巴的鯨魚
只要輕輕拍動尾巴
我就會被你引起的漩渦捲入海底
捲入你最深最深的胃裡

或許所有快樂的回憶回憶起來都是悲傷的

1\.

重要的東西一樣一樣被拿走
沒有人記得還給你
就像快樂被過去的愛人借走以後
就再也沒有發生過

2\.

就像童年最鮮明的那個夏季
還沒有舔到
就掉到地上的霜淇淋
永遠都會凝固在那裡

3\.

你愈在乎一個人
他的語言對你就愈失去效力
即使最偉大的魔法師
也沒有足夠的咒語
來翻譯自己愛人的聲音

4.

或許我依然是那個躲在衣櫃裡的小孩
懼怕黑夜
懼怕床底的怪物
懼怕天亮時候又得要面對這個世界的自己

5.

或許所有快樂的回憶
回憶起來都是悲傷的
或許人類並不擅長微笑
或許人類並不擅長遺忘
或許我們只適合在記憶裡擁抱
然後一個人在這裡哭泣

我只能消費悲傷讓自己活下去

我想振作
讓自己復活
有健康的作息
不再需要你

我不想一直寫
和你有關的句子了
我要寫藍天
白雲、海洋和抹香鯨
麥當勞、肯德基、頂呱呱和心臟病
勞基法、便利商店、乳頭解放和同性婚姻

我並不常想起你
還沒為你哭
還不敢向誰提起你
你好像比我預期的
走得更要徹底

只是每個清晨
當太陽照進屋子
當我用棉被
把自己包起來
躲在裡頭抱住自己
那溫暖就像是你還在
只是不在這裡

每次有人問「你還好嗎」我都想大笑

我過得很好
很常笑
偶爾會哭
這些你可能不想知道

我過得很好
認清在每一個時代
病是不能好的
快樂不那麼必要
我只想要乾淨的泳池
想要去水族館
想要整天
看小水母漂浮

我想要和我的貓
躺著度過下午
想要一件柔軟
蓬鬆的毛毯
把我整個人包覆
我想要逃跑

我想要好好
再去愛一個人
替他織一條圍巾
想和他
好好度過一個冬天
我想要勇敢

我想和自己
好好道歉
好好再過活幾年
好好再睡一覺

你不要推薦我任何詩集

給我一罐粉底液
遮瑕我的國家
和我的民族
以及我的命運

注射我一款鎮定劑
改變我的基因
讓我不再離群
讓我一輩子像其他人一樣清醒

餵食我一顆消炎藥
消炎我靈魂的瘡

消炎我鏡子裡那個恐怖的自己
消炎我頑強抵抗的免疫

網購我一台電視
讓我置身事內的同時
也能置身事外
讓我輕鬆不留痕跡地瀏覽這世界的風景

替我搭配一副眼鏡
讓我看清我和你之間的距離
讓我釐清這世界的謎題
讓我不再看見你

我只想和你一起看電視

我不想和你討論人生
討論是否存在先於本質
討論如何拆解夏宇任何詩的結構
也不想和你解釋語言注定走失
爭辯資本主義的偉大與哀愁
或者如何建立一個更好的國度

我不要和你解釋我的玫瑰
花了我多少的時間灌溉
和我踏爛了多少人的玫瑰
也不想向你解釋為什麼每一次看見小熊維尼拉著氣球飛起來
我就非常難過

我不想告訴你我的惡夢
也不需要你從前的日記
來安排每一次節慶該去的場所
我不想和你一起去巴黎鐵塔
不想去一零一
不想排隊去參拜遙遠的神祇
或吃某顆大家都說好吃的泡芙

我只想和你一起坐在沙發上看電視
一起吃飯
或者出門
去很遠很遠很新很新從未有人抵達
我們也還不知道在哪裡的地方
就在那裡一起迷路
也許就在那裡一起生活

後記

我在自己的腦海中建立了一張幻想地圖，其中一個城市，只要有一個居民心有遲疑，城市的時間就會忽然靜止，咖啡杯會就這樣停在即將碎裂的前一秒、牛奶打翻、番茄醬擠出幾乎就要噴到純白衛生衣上、蛋殼撥開蛋白液體下墜而還未抵達平底鍋。如果住在這樣的城市，或許我就不再會有那麼多遲疑猶豫，害怕放棄任何一個可能性，舉足不前拖延症爆發，最後便因為要保有全部的可能性而變成一無所有。自費出版第一本詩集《1993》約是一年前，《我討厭我自己》是第二本詩集，詩集中的詩多是近一年所寫，若再給我多一些時間，恐怕詩集名稱、內容又要大幅度置換、更改。莫怪我是一個想要下樓買牛奶，很可能回家時卻抱著外帶火鍋的人。

這本詩集共收錄了五十一首詩，延續《1993》的數目，我對於穩定的形式有某種程度的著迷，一件恰到好處的合身衣服、待辦事項、餵食動物和規律的出門活動時間，這些都讓我感到安全。重複的先決條件是穩定，而穩定可以讓人產生安全的幻覺，就像是一棟房子，但另一方面仍舊需要不斷更新才不會厭煩，更新的事物就像是冰箱裡頭的飲品和生鮮蔬果，以及來屋裡作客的人。

「地圖」是我這些年不斷思考的一件事情，地理學、製圖集等，我愈來愈因為「繪出世界樣貌」這個概念而目眩神迷，轉念一想，文字的創作也是一種地圖風景，我就像是在 Google map 上的小游標，不斷向前或向左向右走，找出自己世界的樣貌。這個樣貌或許不是你所喜歡的，對你而言也不寫實，也或許與你相仿，但那都與我無關，因為這是我自己的，是與我有關的事情。在這個時代，或者說，在任何一個時代，都會很容易忘記自己是誰，琳瑯滿目的作品和電視節目傳遞某一種世界觀，每一種觀念或多或少都會和自己相違背或密合，成長過程中意志既堅又不堅如我便很容易搖晃如同被倒在盤子上的布丁卻又無法因此改變組成元素化身為另一種物品。生活充斥著自我詮釋、自我解釋，以及被迫自我解釋與可能被所有人誤解，所以認清自己是誰，是一生的命題，所以成長的過程中，你是很容易討厭自己的，但要記住，那真的沒有關係。

以此為記。

潘柏霖 2016.08.10

我討厭我自己

作者：潘柏霖
編輯：許睿珊
發行人：林聖修

封面設計及內文排版：廖韡

出版：啟明出版事業股份有限公司
地址：新竹市民族路 27 號 5 樓
電話：03-519-1306
傳真：03-516-7251
網站：http://www.cmp.tw
讀者服務信箱：service@cmp.tw

法律顧問：北辰著作權事務所
印刷：煒煬印刷企業有限公司

總經銷：紅螞蟻圖書有限公司
地址：台北市內湖區舊宗路二段 121 巷 19 號
電話：02-2795-3656
傳真：02-2795-4100

中華民國 105 年 12 月 20 日 初版
定價：380 元

國家圖書館出版品預行編目 (CIP) 資料

我討厭我自己 / 潘柏霖著 . -- 初版 . -- 新竹市 : 啟明 , 民 105.12
面； 公分

ISBN 978-986-93383-2-5(平裝) 851.486 105018695